너머의 너머

너머의 너머

이
강
문

시
집

삶창

나의 유일한 독자인 거울아

음침한 자백과 허전한 위선 사이에서 들킬까
안달하며 떨고 있는 내가 보이니?
그럼에도, 시는 세상과 나를
좀 더 잘 보려는 안쓰러운 방식……
거울 속의 나는 독자의 편지이기도 하니까

내게 터무니없는 사치인 침묵에겐 미안하지만,
거울아 거울아
수렁 같은 편지를 자주 보내주렴

세상의 거울 앞에 처음 선 이 무참한 마음,
알에서 조금씩 깨어나려는 아픔,
어떻게든 기쁘게 견뎌볼 테니

부디 정확한 주소로 잊지 말고 부쳐주렴

차례

1
부

———————

달과 달팽이

달팽이의 집은 혹시 알의 껍질 아닌가

달팽이는 자포자기한 나비 아닌가

하지만 달팽이는 절반의 성공,
반쯤은 알을 깨고 나오지 않았는가
평생을 남은 껍질 깨고 나오려고
느린 몸 이끌고 기를 쓰고 있지 않은가

진땀 젖은 필생의 길 위에서
집 안팎 무거운 짐을 이끌고
온갖 걱정거리 끝내 놓여나지 못하면서도

미안하지만 나여,
달팽이를 손가락질하는 나는 뭔가
가련하게도 달팽이를 시샘하는 나는 뭔가

달은 빛의 알

보름달은
어둠의 껍질 다 벗은, 상처 영롱한 알몸

온통 캄캄한 나에게
눈물 글썽한 반달인 달팽이여
보름달 향해 나아가는 일생이여

굽은 나무

나이테는 중심의 고향
가슴 속 나이테는
살아온, 살아갈 나날의 중심

굽은 나무는
사는 동안 중심을 잘 잡았다는 것
굽은 쪽으로
있는 정성 다 기울여 중심을 살려냈다는 것

안에서 밖으로
한 걸음씩 세상을 향해 온몸을 열면서
몸 안의 중심을 단단히 지켜냈다는 것
세상을 껴안아 안으로 끌어들여
상처와 얼음, 심장으로 녹여선
굽은 몸 둥글게 다지며
한 해 한 해 중심을 잘 살았다는 것

바람이 거센, 살아갈 나날

몸과 마음이 힘겹게 흔들린다면
중심이 있다는 걸 자꾸 알려주는 것
중심 잃지 마라고
시린 등을 연신 다독여주는 것

굽은 나무는
온몸을 기울여
바람 부는 세상의 중심을
흔들리면서 끝끝내 살려냈다는 것

거울 부자

거울은 혼자인 육신이 여행할 수 있는
가장 넓은 왕국
머리를 낮춘, 세상이 높아진,
영혼의 눈이 그만큼 깊어진,
바닥은, 세상에서 가장 맑은 거울
그러니까 거울은
부족한 우리가 가야 할
가장 넓고 깊고 맑은 나라

거울이 그중 사랑하는 일은
가깝고도 작은 것들과의 공명

마주앉은 이에게
목소리, 표정, 눈빛 거울을 선물하길 좋아하는
거울 부자는
촛불 빛 거리만큼인 손
잘 참는, 메아리가 긴 귀
자기 차례 기다리다 잘 익은 풍경이 된 입술

바닥 깊은 마음씨를 가졌다

거울이 깊고 맑은 거울 부자는
눈과 귀와 손과 입이 자기에게서 나와
남에게 세상에게 더 가까운 사람,
이웃이 풍성하게 열리는 마음의 텃밭을
부지런히 가꾸는 사람,
힘들 때면, 힘센 거울의 힘을 믿는
마음 가녀린 사람

찰칵,

정지는 아프다
탄생을 위해 끊어내야 하는 탯줄 같은
불현듯 범람하는, 매번 처음인 저것

아이들은, 찰칵,
정지의 나라 거주민이다
아이 엄마들이 그토록 자주 사진을 낳는 이유도
시간의 빛나는 왕국이
아이의 온몸으로부터 넘쳐 흘러나오는 걸
한순간 젖가슴으로 캡처하기 때문

사랑이 정지를 마음껏 방목한다
대지의 초유를 방금 머금은
새순의, 꽃잎의 첫 눈빛이 세상의 무심한 바퀴를
왈칵, 멈추게 한다

왈칵,보다 더 긴 시간을 누가 이겨낼 수 있을까
다만 한 알의 눈물이 찰나의 섬광을 품고

매순간 인간의 짙푸른 초원을 달릴 뿐,
신생을 위한 결별이 끊어내는 눈부신 속도가
왕국의 영지를 발굴하는 광부들이다

사랑이 황금의 광맥에 닿는 순간
쩽 하며 얼음 깨지는
황홀한 뼈아픈 정지— 찰칵,이
시린 가슴으로 부축해 일으켜 세우는
그만큼만, 새롭게 깊어지는 이 세상

자기 울음을 품은 새

이 노랫소리는 이름 모를 한 마리 새가
나무의 귀에 석삼년 세 들어 살면서
둥지에 알뜰히 물어다 놓은
대웅전 주인의 울음을 닮았습니다

절집 풍경 소리 밑에서 배운
담장 없는 금빛 울음은
작은 새의 가슴에서 알이 되었습니다

노란 부리의 새가 품은 이름 없는 노래는
둥지를 울리고 나무를 울리고 아침을 울려서
가지 뒤에서 귀 기울이던 바람을 울려서
어느덧 제 울음의 주인이 되었습니다
오래 품었던 어둠 깨치고,
대웅전을 울리는 노래가 되었습니다

하늘과 바람과 나무와 아침은 노래의 둥지
자기 울음을 품은 작은 새의 둥지

울음이 많은 이 세상은 노래의 주인을 닮아
금빛 울음이 되었습니다

온 세상 사람들 마음의 처마 끝에서 처마 끝으로
풍경(風磬)이 멀리 멀리 보내는 낮은 휘파람
눈부신 울음 가득
자기 이름의 주인이 된 새

상처

자기 자신에게조차 아픈 적 없는
우리가 아픈 이유는
너와 내가
하늘과 땅의 교차로인 사람이기 때문
십자가 위의 아물지 않는 상처이기 때문
세상의 손과 발에 피어난 붉은 상처이기 때문
나약한, 아슬아슬한, 위태로운
유일한 출구
마음의 수평선 때문, 영혼의 수직선 때문
너와 내가 지금 아픈 이유는
잘 보면 잘 따져보면
우리 모두가 서로에게 아프기 때문

하늘의 정면

어느 시인 때문에 정면을 사랑하게 됐다
맨끝, 맨앞이란 말도 덩달아 좋아하지 않을 수 없게
됐다

나무는 전부 끝이 시작이라니
지금 여기가 맨끝이고 맨앞이라니
지금 여기 내가 정면이라니!*

여치 옆모습에서 풀잎의 울음을 찾아낸 다른 시인
또한
정면의 달인임이 분명하다
여치, 풀잎 줄기 실뼈의 섬유질 속에 통곡이 파란,
가을이라니……**

부러워서 나는 이것저것 마구 정면을 들이대 본다
무턱대고 정면 놀이를 해보는 거다
바람의 정면, 고요의 정면, 공터의 정면, 하늘의 정
면……

이런! 너무 허황되다 너무 멀다 수렁에 빠지기 십상
이다

아니, 그보다 이들의 정면에는 이미 하늘의 별처럼
많은

주인이 있을 것만 같다 저작권에 걸릴 게 뻔하다

한참 우울해지다 내린 심증은, 이렇다

정면은 과녁의 중심처럼 정직하고 흔들림 없다는 것

정확한 정면은 간절함의 맨끝에 홀연 나타나는 거
라고

가장 작은 것들의 심장이, 그 치열한 울음이

맨앞이라고……

하여 나는 망연자실의 정면을 찾아보고자 한다

백지의 정면, 슬픔의 정면, 울음의 정면과 놀아보고
자 한다

* 이문재, 「지금 여기가 맨앞」(시집 『지금 여기가 맨앞』)

** 고형렬, 「여치의 눈」(시집 『밤 미시령』)

너머의 너머

너머라는 곳,
미처 생각하지 못하고 살았다
다들 어디 너머에서 와서 여기 너머
저기 어디론가 돌아가는 걸로만 알았지
저기가 여기 너머 따로 있는 게 아니라
내 몸으로부터 여기까지의 거리가 저기라는 걸
제대로 따져보지 못하고 산 게 분하다

저기는 여기의 냄새가 없는 곳인 줄 알았다
밥 너머가 목구멍 지나 한 길 뱃속 저 퀴퀴한 곳
더 깊어봐야 열 길 매캐한 사람 마음속
밥과 배 속과 마음속 그 묘연한 거리가
고작 이 몸뚱어리와 한통속이라는 걸
교만에 찌든 내 머리가 알아챌 리 없었다

저기가 저 멀리 높은 곳에 모셔져 있다는 건
내가 나로부터 그만큼 멀리 떨어져 있다는 것
너머란 자에게 속은 게 분명하다

너머를 비굴하게 숭배한 까닭이다
냄새 나는 여기를 외면한 비겁함을
너머에의 그리움으로 치장했기 때문이다

저기로 가는 너머는 여기 있다는 걸
여기의 너머는 여기인 걸
아침마다 눈뜨면 우렁우렁 도착하는
나의 너머, 세상의 너머인 아이들을 보면 알 수 있다
어디 너머에서 오신 갓난아이와
저 너머로 넘어갈 나와의 이 한 치 앞 거리를
손으로 눈으로 입술로 만져보면 알 수 있잖은가

올해의 꽃과 내년의 꽃 사이,
지금 이 꽃과 다른 저 꽃 사이,
이토록 환한 너머의 너머
—여기가 저기다

사다리의 충고

누가 내려왔던 흔적일까
아니면, 올라가던 중이었나
어느 여행의 발자국이 이리 어지러운가
폐업 철거 중인 점포의 내부
등뼈 훤히 드러날 정도의 안간힘만 남기고
한쪽 벽 구석에 서 있는
사다리 하나

가파른 두 손 두 발 벗어놓고
잠시 숨 고르고 있는 탑—
가만히 창가로 다가가 매만지듯 둘러본다

바닥에선 내려갈 곳 없어
두 손발이 언제나 탑의 시작이었다고
늘 머뭇거리는 내게 일러주고 있다
거리의 매연과 속도에 지친
가로수 나뭇가지도
층층이 흔들리는 탑

사다리 아닌 생이 어디 있겠는가

한 칸 한 칸 다짐하듯 내게 짚어주고 있다

겹

곁이란
다른 곁에게 다가가 겹이 되기 위한 것
곁을 내준다는 건
밖에서 얻은 상처, 안에서 쌓은 슬픔
혼자인 서로에게 기대어
겨울날 든든한 외투처럼
시리고 쓰린 마음의 담이 되어주는 것

주름살은
내어준 곁과 곁이
쓸리고 덧나며 어느 결에 너그러워진 담장
마음과 세상과 시간의 마찰이 빚어 올린
겹겹의 투명한 풍경

내어준 곁과 곁이 옹기종기 모인 겹
겹과 겹이 어깨를 나란히 하며
하나의 또렷한 겹눈을 이루고
좀 더 분명한 세상을 만들어가는 것

저마다 조금씩 다른
생각과 생각 사이, 틈과 틈 사이
상처와 상처 사이, 담과 담 사이
다르면서 다를 수 없는 마음 저마다 모여
다 다른 하나인, 서로에게 디딤돌인 이 세상

단정한, 흐트러지지 않는 자세
마음과 마음의 둥근 팔짱인
한 글자로 지은 우주

이 하늘, 낙화유수

그렇지, 분수는
자유를 향한 안간힘을 천형으로 살면서
시시각각 중력의 화염 속에서
보란 듯 당당하게 산화하는 시간의 일생이지

자기 목숨 끝까지 쳐들어가
끝끝내 치받아 들이대면서 매순간 닥쳐오는
죽지 못하는 죽음을 매번 흔쾌히 살잖아
이 하늘 온통 과녁인 것을 처음부터 알고 있었다는 듯
무기징역 살 듯, 독방 한 번 바꾼 적 없이
끝내 기죽지 않는 화살처럼 살잖아

한결같은 모습으로 차오르면서, 뒤엉켜 굴러떨어지
면서
신생의 발기와 몰락을 동시에 펼치면서
죽창처럼 찌르는 쓰라린 법열에 떨면서
파르르, 으스러지면서 언제든 다시 시작하잖아

이번 생이 참담한 형벌 같아 보인다면

내 안의 사랑하는 끔찍한 당신

처음부터 그 처벌 제대로 살아야지

언제라도 허공에서 매번 화르르

기쁘게 눈물겹게 스러져야지

온몸 가득 하늘 실컷 마시고

가슴속 그을린 물거품 마음껏 토해내야지

어떤 용기를 변명함

내게 용기는
뒷걸음질을 멈추고
그 방향 그대로, 뒤로 걷기 시작하는 것
나를 뒷걸음치게 했던 것들을
똑바로 바라볼 수 있도록*

평생 많은 것들로부터 물러났던
내게 용기는
도망치는 나를 바라보는
나의 얼굴을 외면하지 않는 것

좀더 큰 용기를 내라면……
여태 밖으로 던지던
어디에도 가닿지 않았던 돌을 주워서
비로소 나에게 던진 다음
돌에게 돌아가 낮은 목소리로 말하는 것
너를 키워준 그 사람을 부디 피하지 말라고

* 류시화 시인이 펴낸 『시로 납치하다』에 소개된 오스팅 블루의 짧은 시와 이미지가 겹치는 듯함을 밝힙니다. "그 사막에서 그는/ 너무도 외로워/ 때로는 뒷걸음질로 걸었다/ 자기 앞에 찍힌/ 발자국을 보려고"(전문)

그림자

내가 지닌 것 가운데에 그림자가 그중 옳다
내게 딸린 것들 중에 그림자는
내가 가짜로 만들지 못하는 것 아닌가
감추지도, 버리지도 못하는 것 아닌가

자기 얼굴을 지워버린 그림자를 보라

얼굴과 가방과 지갑의 색을 지워야
한 벌의 그림자가 드러난다
생각과 손짓발짓의 속도를 제압해야
검은 눈사람처럼 간결한 마음이 고개를 든다

내가 아니라면, 어쩌면 그늘이 한 일 아닐까
그늘이 내 곁에 붙어 안타까이 해오고 있는 일
허영에 기생하는 가면과 욕망의 살을 저며내어
케케묵은 항아리 속 어둠으로 곰삭이는 일

허튼 빛 속에 나를 잃지 말라고

금방이라도 꺼질 듯 위태로운 나의 가슴에
그늘은 그림자 한 벌 바싹 매달아주었다
이승 끝까지 따라오며 나를 흔드는 것들을
한 걸음 한 걸음 치워버릴 것이라며,
그을음 너울거리는 촛불 하나 밝혀주었다

내가 숨기고 있는 나에게,
내가 잃어버리고 있는 세상에게
그림자는 속삭여주었다
그늘을 향한 깊고 끈질긴 사랑만이
내 안의 그림자를 부화할 수 있다고

교차로 사막

건너편에서 건너오고 있는 저 사람은
나에게로 오고 있는 것이 아니다
건너편으로 건너가고 있는 나는
저 사람에게로 가고 있는 것이 아니다

교차로는 저 사람과 내가 교차해서 사라지는 곳
조금씩 다른 곳에서 살면서
조금씩 낯선 사람과 교차하면서
뒤도 돌아보지 않는 곳이다
이미 실종된 사람들끼리 실종을 확인하는 곳이다

교차로는 밥인지 몰라
생각 없이 고마움 없이 먹는 밥이 기억나질 않으니
교차로는 어쩌면 하느님인지 몰라
애타게 찾은 적 한 번 없고, 그리워한 적 없으니
어디에나 계신 낯선 하느님이 기억날 리 없으니

교차로는 나에게 너에게 타임머신인지 몰라

어디선가 홀연 조금은 낯익은 이가 마주오고 있으니
조금만 방향을 틀면, 조금만 손을 들어 올리면
마주서서 반갑게 악수할 수도 있었을……
어느 곳에서든 같은 시간대에서 살고 있는
어딘가 낯설지 않은 사람의 시간 속으로
뚜벅뚜벅 다가가 문을 열고 들어갈 수도 있었을……

교차로는 밥보다 더 가까운
교차로는 하느님보다 더 친근한
어쩌면 서로 만나려는 가슴과 가슴이
안타깝게 교차하는 곳

하늘바다 1

수평선은 한 치의 흐트러짐 없이
하늘을 바라보는 바다를 바라보고 있다
바다를 바라보는 하늘을 바라보고 있다

하늘과 바다가 마주 보고 있는 수평선은
하늘도 아니고 바다도 아니다
하늘과 바다 사이도 아니다
단 하나인 수평선은 사이가 없는 하늘바다다

하늘바다 수평선이 바라보고 있는 건,
나도 아니고 너도 아니다
너와 나 사이의 하나뿐인 수평선―
너나를 보고 있다

망망대해 동해 바다 앞에 서면
나와 너 사이의 먼 거리가
하늘바다와 나 사이의 머나먼 거리가
거짓없이 가차없이 나를 바라보고 있다

하늘바다 2

사이가 없는 거리

너무 가까워서
아무도 갈 수 없는
하늘바다는

가깝지 않아서, 너무 멀리 있어서
도무지 줍지 않는
내 집 마당 경계선 너머 쓰레기 하나

마음속
가깝고 가벼운 지푸라기 하나

빈집의 기억

밖으로 문을 잠갔네
기다리는 두 아이들의 손과 발에 자물쇠를 달았네
아무도 없는 빈집이 되라고
엄마 아빠 돈 벌러 나간 사이
엄마 아빠만이 빈집의 유일한 열쇠가 되었네
수상한 밖이 안전한 안으로 들어오지 말라고
사랑스러운 안이 위험한 밖으로 나가지 말라고

성냥불에 재가 된 몸으로
안에서 문을 두드리고 있었네
불타는 안에서 불타는 밖으로 나갈 수 없었네
안과 밖, 불타는 빈집에 갇혀 어디로도 나갈 수 없
었네

밖은 이십 년 삼십 년 화르르 번성해서
잿더미가 된 안쪽을 지키고 있네
바닷가 물거품이 된 안쪽을 지키고 있네
안에서 기다리다 돌아오지 못한 아이들이

밖으로 나오지 못하도록
새카맣게 탄 엄마 아빠의 가슴 나오지 못하도록
밖은 견고한 자물쇠가 되어
화창한 안전한 밖을 지키고 섰네

흉흉한 소문 새어 나오지 못하도록
기억을 날카로운 흉기로 만들어
텅 빈 사람들이 사는 빈집을
너도나도 지키고 섰네

어두운 중심

지구가 우주의 중심이 아니듯
인간은 자연의 중심이 아니다

저 별 하나가 밤하늘의 주인 아니듯
별빛 같은 내가
어처구니없게도
세상의 주인공이 아니다

아무 의미도 없는 것이 모든 의미들의 중심이고
부재가 모든 있는 것들의 주인이다*

그런데 어쩌자고 자연은, 세상은, 중심은 어두운가
그렇듯 분명한 어둠은
인간에게 왜 보이지 않는가

* 경희대 김상욱 교수의 서울 노원구청 주관 〈불후의 명강〉(2022년) 강연 내용
  ('빛은 어둠의 부재', '아무 의미 없는 우주에서 거대한 의미가 생겼다'에서 부
  분 차용).

44

2
부

맨발

이름 없는 것들은 맨발로 자기 이름을 쓴다
늦가을 철새 시린 발자국은 먼 하늘의 맨발
미더덕 시원한 넓은 맛엔 바다의 맨발이 쓰여 있다
갓 구운 빵의 온기는 아침의 맨발
꽃사과 풋향기는 맨발의 걸음마
아, 꽃잎이 맨발로 허공을 걸어 내려오시네

야산 산책길에 누군가의 맨발을 만나면
나는 내 신발 속에 갇힌 향기에 발이 겹질려
뒤를 돌아 맨발의 표정을 본다
그이 얼굴엔 회색 도시를 묵묵히 이겨낸
전사의 기운이 흐른다

큰물 휩쓸고 간 강변 기슭에 둥지 튼 적 있다
생각의 경계 무너뜨리는 웅장한 흉가
가슴 찌를 듯 솟구친 나무뿌리, 터져나간 강둑의 잔해
하늘의 맨발이 마음대로 뛰어다닌 자리
마구 파헤쳐진 상처가 후련해서

쓰라린 신천지의 새벽은 뭇 새들의 웃음으로 가득
했다
　무진장한 폐허의 귓가를 웃음의 맨발이
　무찌를듯 마구 밟고 다녔다

　이토록 맨발 무성한 황무지의 아늑함
　딱딱한 머리 속에 갇힌 내 맨발이 슬펐다
　집과 돈과 얼굴에 둘러싸여 질식하는 맨발의
　지리멸렬한 일생에 애도를 표하고 싶었다

　흙탕물 캄캄한 강물에 벗어던진 내 신발
　먼 바다가 휩쓸어 가져가리라 했다
　바닷가 이름 없는 맨발 되어,
　파도 물거품 위에 내 이름 내가 쓰리라 했다

바깥의 깊이

이 자리는 바깥의 경계, 정확히는 익명의 중앙이다
한 젊은 직원이 지나치다 걸음을 멈춰 고개 돌리고,
어깨를 돌린 다음 먼저 인사한다
로비 데스크에 앉아 있는 누군가가 누구인지 알 리
없다
흔치 않은 일이라서 자못 놀라는 게 아니다
깜박 졸다 눈 비비는 나에 대한 누군가의 관심
그 순간 내가 느낀 감정은 고마움이었지만,
그것은 사랑의 수상한 변종,
나 자신에 대한 연민이었을 것……

그이의 발걸음과 시선의 전환에는
바깥에의 사랑이 담겨 있다
그이가 사랑한 바깥에 내가 걸려든 것이다
내게 밀려온 것은 친절의 확장형
베란다와 창문을 바깥 깊숙이 내밀었다

데스크 주변 그이가 보낸 화분에서

꽃이 피어나고 있다 질투할 일이다
내가 가닿지 못하는 먼 곳으로 퍼지는 향기
뜻하지 않게 부러워할 일이다

그이가 누구든, 어떤 삶을 살아가든
그이가 만드는 바깥의 깊이가
종일 내 시선을 가로막고 있다
마스크 안의 익명이 선명한 표정으로 서 있다

발자국 암자

지고 있는 도중의 낙엽, 한 그루 나무의 발자국이
허공에 새겨져 있네
한 잎의 발자국에는 사람과 세상의 질문을
타박타박 받아주는 오솔길 하나 있네
붉게 물든 나무의 상념 아래에는
오후의 햇살만큼 느리고 간결한 답변이 쌓이고 있네

한 생애 내내 흔들던 마음 떠나보내려 해도
생각이 끝내 놓아주지 못하는 행려의 비밀
발자국은 서걱이는 그늘로 보듬어 안아주네
뿌리의 울울한 고투도, 둥지 아래 상한 새의 깃털도
비로소 길을 떠나기 위한 물음들이었으니

질문이 가장 가벼워질 즈음
나무는 서늘한 느낌표로 남아
상처 무성했던 자리마다 희푸른 눈시울 남겨두었네

혼자 아니면 아무도 들 수 없는

한 잎의 빈자리에

발자국 암자 한 채

나무는 세상에서 가장 투명한 답신을 지어놓았네

한눈팔기

하산 길 끝 무렵 큰 바위나 큰나무 곁을 지날 때
누군가가 들여다보는 것 같은 순간이 있다

사람이고 바위고 나무고 따로 없는
시선만 있는 시공 속으로, 울타리 무너진 폐원 안으로,
몸이 마음보다 더 헐거워진 무중력 안으로,
꼭 사람의 것만도 아닌 어떤 운명의 자장(磁場) 같은
시간의 눈이, 공간의 눈이 열리면서
지나는 사람들을 그윽하게 바라보고 있는 것이다

먼저 세상에 살았던 다른 나일 것만 같은,
혹은 먼 훗날의 나일지도 모를 한 사람이
지금 이 세상 한가운데로 굽이굽이 걸어와서는
다른 누구랄 것 없는 우리들의 생애 앞뒤 모두를
멀리까지 자상하게, 가엽게 바라보고 있는 것이다

마른 검버섯과 이끼와 덤불을 묘비명인 양 껴안고
내 육신 안의 낯설지만은 않은 누군가가 꾸는 꿈이

바로 이번 생이라는 걸
어렴풋이나마 넌지시 알려주는 큰나무, 큰 바위—

크나큰 그이 시선의 발원지에 숨어 들어가
이 짧은 순간만이라도 그 깊은 눈 속에 깃들었다가
서러울 것 없이 두려울 것 없이
어느 때든 가볍게, 훤하게 깨어나고 싶은 것이다

나침반

날이 어두워지는 건

밖을 거두어들이라는 하늘의 눈짓

수고한 얼굴과 생각들 맑게 씻긴 다음

이제 그 안쪽을 찬찬히 바라보라는 말씀

어둠은 침묵을 기울여

새 날의 수평을 채우는 시간

수평이 가리키는 방향으로

길 잃지 말고, 자기 자신 향해 항해하라는 눈빛

밤하늘 별들과 나 사이의 거리는

지구 위, 저마다 여린 별빛들의 흔들림은

까마득히 깊은 중심이 깃들어 있는

우리의 심장을 가리키는 손짓

새벽이 저리 고요히 밝아오는 건

기울지 않는 침잠이 한 뼘 더 자랐다는

오래된, 늘 새로운 소식

매번 새롭게 태어나는 하루가 일러주는

동심원의 변함없는, 든든한 방향

처음과 하루

작별 인사를 할 때가 올 것이다
새벽이 지난밤에게 그렇게 하듯
해일처럼, 하루의 장송(葬送)이 시작된다
모든 날들이 모든 이들에게 그렇게 하듯
이 하루가 작별 인사를 하며 남기는 것—
잃어버린 것이 남아 있다
너무 상심에 잠길 일만은 아니지 않은가
나에게, 세상에게 이 하루가 남기는 것은
처음이다 처음은 눈과 같다
눈을 감으면, 눈꺼풀은 감은 눈 안의 집이 된다
거기가 처음의 주소
눈뜨면 눈뜬 나를 어김없이 찾아내는
오늘 하루—내가 나를 잃어버리는 곳
이 하루 아니면 갈 수 없는 곳
시간의 앞으로 뒤로 까마득히 먼 곳으로부터
덧없는 나를, 없는 나를—
생생히 기억해내는
처음, 오늘 하루

한 사람

네 안에 있는 한 사람
내 안에 있는 한 사람
같은 사람
다를 수 없는 사람
바로 이 한 사람밖에 없다는 걸
사실 아무도 납득할 리 없다
외면할 수도, 용서할 수도 없다

나는 네게 말한다, 너는 내게 말한다
말을 하는 순간
너와 나는 서로 다른 말을 듣고 있다
너를 보는 나의 눈은
너와 도저히 같을 수 없는 나를 보고 있다
나를 보는 나의 눈은
사실 아무도 아무것도 보지 않는다

나는 나만을 말하고 나만을 생각할 수 있다
너는 나만을 말하고 나만을 생각해야 한다

한 사람은커녕,

너와 나는 사람이 아닌 것이다

바·라·보·네*

나무 하나 건너 사이 나 하나 건너 사이
백색 철창 사이에 갇혔네
안과 밖 가득 둘러싼 사이라는 칼날에
마음 한가득 베어져 아프지 않을
서슬 희푸른 인제 자작나무 숲이 나를 체포했네

사이에 걸려든 것은
진흙 속을 헤매던 내가 아니라
사이의 주인인 무궁이 그리워하던 한 사람이었네
사람과 세상 사이의 비좁은 궁지를 꽁꽁 옥죄던
족쇄들이 와르르 빠져나가는
속수무책을 시시각각 바라보네
빈자리마다 하르르 하늘 높이 들어찬 천 겹 만 겹
무수한 착란에 아득해지는 한 사람 한 사람들
하염없이 바라볼 수밖에 없네

문득 창살에서 도망쳐 나오려 버둥거리는 나를
이 무궁 감옥 감당할 바 없는 나를

사이가 말없이 변함없이 안아주네
정체불명의 휘황한 감옥이 여기 있었네

나무 감옥 안에 둥지 튼, 사람들의 끝없는 사이
이 세상 속에 숲을 이룬 사이
이제 갓 발굴한 인간 최초의 유적
한 사람 속에 뿌리 내린 아늑한 사이가
내 안에서 나를 바라보네

* 인제 원대리 자작나무 숲 가이드의 안내 말 중 한 마디.

처음의 끝

육아낭 속에 새끼를 담고 있는 캥거루를 보면
뫼비우스띠가 생각난다
이번 우주의 자궁과 다음 우주의 배꼽을 이어 붙인
육아 포대기, 그리고 선산 기슭 묏자리가 그렇다

엄마 등과 아이 가슴의 공명,
엄마 가슴과 아이 얼굴의 교감—
일할 때와 젖 먹일 때의 육아 의도를 디자인한
동그란 무덤의 형세가 그렇다

포대기로 아이를 둘러업고 있는 산비탈 엄마,
엄마 등에 얼굴을 묻고 단 꿈에 든 아이와
엄마 우주는 같은 방향이다
이승을 떠나서도 엄마 등에 업혀
대지의 젖꼭지를 물고 새로운 시작을 살고 있다
이승과 저승을 이어붙인 포대기는
아이의 배꼽과 엄마의 등이 함께 숨 쉬는
삶과 죽음의 뫼비우스띠

이 세상은 삶이 시작되는 종점
엄마는 아이에게 가슴으로 젖을 물리고
등으로 숨소리와 목소리와 세상의 파도 소릴 물린다
끝이 처음과 늘 함께 있다

하늘 광부
―고흐 생각

처음과 끝을 동시에 바라보는 사람
빛과 어둠을 함께 살고 있는 사람
탄광촌 식탁에서, 아몬드나무에서, 밤하늘 과녁에서,
자신과 이웃의 얼굴에서
막장 속 석탄 캐듯 하느님 닮은 영원을 캐내고*
황금빛, 검은빛이 뒤엉켜 춤추는 밀밭에서
끝내 알몸의 자기 자신을 잉태한 한 사람

머리에서 귀에서 무성해진 검은 날개는
밀밭 한가운데 이르러 길의 끝을 끊어냈네
자기를 끊어낸 길은 찢긴 허공에 떠서
상처의 눈부신 희열을 휘감아 일렁이고 있네**

절정에 숨 막힌 해바라기 영혼의 외침도
복숭아 과수원에 번지는 붉은 빛 혼불도
예언처럼 솟아오르는 사이프러스 첨탑도
벌판 가득 귀기 서린 산통의 절규에 취해서
산도(産道) 속의 화가를 향해 밀물져 들어오고

해와 달과 별의 메아리 안으로 침입한 한 사내

처음과 끝을 함께 자기에게 출산한 한 사내

노란 집 빈방 의자에 홀로 앉아 있네

* 반 고흐의 일기 중에서 차용. "나는 사람을 그릴 때 어떤 영원함을 표현하고
싶다."(『영혼의 순례자 반 고흐』, 296쪽)
** 〈까마귀가 나는 밀밭〉을 모티프로 함.

하나의 한 번

내가 한 번이듯 아내와 아이들이 한 번이듯
나뭇잎이, 강 물결이, 파도가 한 번이듯
누가 대신할 수 없는 이번 한 번은
하나의 유일한 숨결

동네 산 돌계단 한 계단 한 걸음
나의 한 번이 숨 쉬는 돌계단마다
돌계단이 느끼는 한 사람의 한 번
그렇게 한 번은 세상이 숨 쉬는 계단
계단의 쉼 없는 숨결 속 알 수 없는 하나

지금 들어오는 하나와
지금 나가는 다른 하나와
숨 한 번 눈짓 한 번 몸짓 한 번 단 한 번씩만
오고 가는 끝없는 하나

어떻게든 다들 견디고 있는 한 번
하나의 단 한 번이 처음이자 마지막인

이번 한 번 가차 없는 한 번
헐벗은 하나인 지금 나 한 번
한 번 나에게 던져진
감당할 수 없는 가혹한 하나

불편한 신비

창가에 앉아 있다가 거의 창문이 되어 있는 자신을 감지할 때가 있다 내가 창밖 풍경의 어딘가로 슬쩍 빨려 들어가려다 창틀 주변에 몸뚱이가 툭 걸쳐버린 느낌에 가깝다고 할까

예컨대 키리코의 〈거리의 신비와 우울〉이라는, 정물화 같은 풍경화 속을 넘겨다볼 때 느끼는 섬뜩한 감정…… 의도적으로 조작된 사물의 배치와 구도를 통해 화가가 보여주려는 불편한 진실에 십분 공감하고 싶지는 않지만, 자신과 세계의 이면을 깊숙이 들여다보는 통렬한 시선에 수긍하지 않을 수 없다

실은 어떤 환각 혹은 존재의 착각에 대해 얘기하고 싶은 것이다
창문이 된 듯한 섬망(譫妄)에 빠져드는 순간들,
몸 전체가 눈이 된 듯한, 감각의 착시 현상 같은—

다른 풍경들, 다른 시간들, 다른 장소들, 다른 사람들,

다른 곳에 있는 다른 집, 다른 집에 있는 다른 몸,
그 다른 몸들이 움직이고 있는 다른 배경
그렇다, 다 다른 움직임들에 대한 생생한 실감
거대한 다름 속에 숨어 있는 한결같은 기미들의 신비!

어딘가에 있는 다른 집, 어딘가에나 있는 나의 집
어딘가에 있는 다른 몸, 어딘가에나 있는 나의 몸
어딘가 다른 곳에서 움직이는 모든 나
누구나 다 생명의 주인공이고
어디나 다 삶의 중앙이라서
어느 때나 아무 때나 다 시간의 정오라서

너무 흔한 중심의, 결코 벗어날 수 없는—
번잡한, 불편한, 부질없는, 숭고한 과잉

등대
— 채석강 부근

서해 바다 일몰의 파도는
부질없는 내 몸의 일생더러 어찌하라고
이 하늘 이 바다를 비치는 등대가 되라 하는가

사람 다니던 길이란 길은 어찌하여
가없는 품 안으로 죄다 흘러들어 오게 해선
여기 사람과 하늘과 바다가 부둥켜안고 철썩이는
금빛 울음의 천공을 살라고 하는가

생면부지의 사람들이 다니던 길,
길이란 길은 파도 높은 물거품 위에서
서러운 비늘들 맞대고 꿈틀대는데
지상의 모든 사람들더러
서럽게 떠나온 집들 어찌 가뭇없이 다 잊으라 하는가
살아본 적 없이 살아온 나더러
이 울음의 천상천하를 어찌 처음으로 살라고만 하
는가

서해 바다는 무슨 일로 우리에게

스러지지도 못하는 혼불이 되라고 하는가

눈 멀고 귀 먹은 채 이 모진 궁륭을 밝히라 하는가

사이렌의 노래를 하늘과 바다에게 들려주라고 하

는가

하늘 속 바다가, 바다 속 하늘이

한 점 사람 등대의 노래에 취해

침몰한 한 몸이 다른 몸들 속으로 으스스 끌려 들

어가

사람과 하늘과 바다가 서로를 지워버릴 때까지

평생 다 읽어낼 수 없는 만장(輓章)

그침 없는 사람, 끝없는 낙조는……

노을은 부른다

수직선은 하늘의 탯줄
지평선은 땅의 탯줄
지평선과 수직선이 만나는
인간은 대지의 상처 얼룩진 탯줄

아침노을 속, 저녁노을 속
하늘의 검붉은 무지개는
상처와 상처를 이어주는 탯줄의 기억력

하늘로 돌아간 사람들은
노을의 가없는 나이테
붉은 멍 푸른 멍 검은 멍의 나이테
벌거벗은 살 상처의 경계에서
떠오르는 심연
─끊긴 탯줄의 얼굴들

노을은 하나하나 부른다
사람들의 갸륵한 상처를, 잃어버린 고향을

수직선이 자기를 부르듯

지평선이 자기를 부르듯

초혼

옥상은 바닥의 눈동자다
옥상은 바닥의 목소리다
옥상에 올랐다가 까닭 모를 두려움을 느꼈다면
그건 옥상이 혼자 하는 소릴 엿들었기 때문
옥상의 눈이 되어 흘깃 자길 바라보았기 때문

자기 밑바닥이 자기를 부르는 소릴 듣는다는 이들이,
절망의 덫에 걸린 슬픔이, 의분에 휩싸인 아우성이
종종 하늘과 가장 가까운 옥상에 올라와
땅바닥에 있는 자기 자신을 내려다본다
저 위 하늘을 우러러보듯, 저 아래 땅바닥을 굽어보듯,
그런 사람들을 옥상은 한결같은 눈으로 바라본다

왼쪽 오른쪽, 앞과 뒤, 위와 아래 전방위 시점이
사람들에게 다정하게, 준엄하게 이야기하던 옥상
내가 내 몸 바깥으로 한 발짝 기우뚱 내밀어질 때,
내가 몸뚱이 속으로만 자꾸 움츠러들어

밖이 보이지 않을 때 내가 보이지 않을 때,
눈도 귀도 목청도 없어지는 밑바닥을
옥상은 안타까운 눈으로 굽어보고 있다
영혼의 지붕인 옥상 바닥은
언제나 어디서나 우리 모두를 부르고 있다

발바닥

발바닥은 내가 아직 가보지 못한 미지의 바닥
대지와 키스하는 입술인 발바닥은
갯벌과 질탕하게 놀아나는 에로틱한 성기

사람들의 눈동자가 훑고 지나다니는
나의 얼굴은 세상의 불편한 바닥
시간의 뿌루퉁한 반죽인 나 또한
거리의 낯선 얼굴들을 휘적휘적 밟고 다닌다

길은 순전히 바닥으로 이루어져 있다
바닥이 전부인 길은 자신을 밟고 지나간 사람과 시간,
그 많은 발바닥을 일일이 기억하리라
나와는 달리 시간의 얼굴들을 흥미롭게 구경할 뿐
지겨워하거나 힘겨워하지 않는 길바닥에겐,
공룡의 발바닥 주름살까지 기억하는 길바닥에겐,
세상의 모든 바닥들은 분명 정겹고 풍성한 풍경이
리라

길은 모든 밑바닥을 차별 없이 받아주는

바닥 중의 바닥

길은 자신의 바닥과 높이가 정확히 일치하지만

머리부터 발끝까지 울퉁불퉁한 나는,

머리가 발바닥까지 도달하는 게 가능할까 투덜대며

하는 일마다 할 일 없이 의심만 하는 나는,

풍경의 충직한 눈동자, 너그러운 입술, 지칠 줄 모르는 성감대인

길바닥을 필생의 스승으로 모셔야 한다

연꽃 미로

1

세상에서 가장 가까운 오지에
들어서고 있는 중이다
환하도록 느린 사람의, 단 하나의 생각인 듯
새벽 어둠으로부터 길어 올린 최초의 숨 안에는
세상보다 오랜 고요가 있어서
태초가 둥근 배를 안고 출산을 기다리고 있으니
대지의 처음이 아침의 양수를 저어 오는 중이다

육신의 눈으로만 멀찌감치 보아오던
흐릿한 세상에게, 분주한 생각에게
한 겹 한 겹 영원의 손길 내밀어
이토록 가까운 자리를 내어주는 것이다
멀리 떠돌던 내가 돌고 돌아
지금이라는 집 문 앞에 들어서고 있는 것이다

2

연꽃 좀 보러 어디 그럴듯한 명소에 왔다가
사진 작가분들의 노심초사 끝에서
시인 묵객들의 섬약하고 고아한 붓끝에서
은은히 피어나는 연꽃을 보러 왔다가
한여름 땡볕 아래, 혼탁한 물가에 발도 못 담그고
연꽃 정글 사이 어정쩡한 표정에 사진빨 안 서는
그런 입장에 다름 아닌 내가 처해 있는

이게 다 그분 깊은 뜻이거니 넘겨짚어 보려다가도
그 연꽃 어디 있는 거요 대거리도 못 할 주제이니
마음 고쳐먹고, 연꽃에 아부 떨던 인간들,
흉내내던 내 몰골 싸잡아
욕이나 실컷 해보려 해도
날은 더워 진땀은 나고, 헛품 판 게 짜증은 나고
막힌 길 다시 돌아갈 생각에
미로 같은 머리는 더더욱 시끄럽고……

주인 찾기

내 앞에 없는, 그 잃어버린 것을
눈코 앞에서 뛰어다니는 그것을
어떻게 하면 치워버릴 수 있을까
세상을 온통 잃어버린 것으로 도배해버리는
내 곁에 없는 그것을
잃어버린 슬픔과 고통과 허전함으로부터
어떻게 하면 사라지게 할 수 있을까

바깥에서 잃어버린 것이 안에서 요동치는 걸
어떻게 하면 잠재울 수 있을까
평생 머리에서 잃어버린 적 없는 나를
손과 발과 얼굴에서 헤어난 적 없는 나를
어떻게 하면 벗어날 수 있을까

안에다 감춰버린 잃어버린 나를
바깥에다 내버린 잃어버린 나를
어디서, 누구에게서 되찾을 수 있을까

3

부

최초의 거울

'최초의 거울은 엄마의 눈동자'
어느 멋진 정신과 의사가 인용한 라캉의 말이다
수유하는 엄마와 아이의 눈 사이 거리가 20센티이고,
갓난아이 시력의 초점거리 또한 20센티!*

아이는 엄마라는 거울에 비친 자신을 보고 있다는 것
엄마의 얼굴과 자신의 얼굴을 한눈에 바라보며
아이는 자신과 엄마를 동일시하는 것

거울이 잔뜩 흐려질 때 아이는
자기 자신을 이 세상 어디에서도 찾을 수 없다
거울이 격한 감정에 흔들릴 때
거울 속의 아이는 거친 풍랑을 만난 조각배가 된다

아이는 엄마 얼굴 표정 속에서 살고 있다
엄마 눈동자 속에서 아이와 엄마는
언제나 맑고 밝은 보름달이다
보름달은 좋겠다

언제든 엄마의 흐린 먹구름을 물리치는
아이의 눈동자 속에
아이와 엄마가 함께 살고 있어서

엄마 있는 세상아 애들아— 너희들은 좋겠다

* 김건종(담은마음클리닉 원장), 『우연한 아름다움』, 에이도스, 25쪽.

공명

아이들에겐 지엽말단이란 없어요
심장에서 출발하여 온몸의 모세혈관을 울리는
두근거림만이 놀이의 중심에 있어요
아이들의 놀이엔 지지부진이 없어요
모래밭에 미끄럼틀에 공차기에 물구나무에
때마침 솟아나는 웃음, 울음, 투정에
어떤 성적과 등수가 있을 수 있나요

매 순간이 놀이의 시작이고 춤사위의 절정
몸의 축제에 무슨 지각이나 출석부가 있겠어요
놀이는 매 순간 몸 안에 차오르는 현재,
우주의 순간적인 건축, 신경세포의 쉼 없는 찬가
이 막무가내 생명의 전승에 지난 세월이란 건 없네요
따로 기억해야 할 마침표는 없다구요

과거와 미래는, 놀이의 배턴을 주고받는 순간일 뿐
찬란한 현재와 협연하는 도중일 뿐
나 자신과 나 자신의 릴레이를 지속할 뿐

아이들에게 덧없는 시간이란

온몸에 지은 오두막 성당의 종소리

놀이의 빛나는 신전― 손과 발, 눈, 코, 입, 귀

몸에서 몸으로 이어지는

영원한 공명(共鳴)일 뿐

세상의 생일

씨앗이 어디에 숨어 있었다고

말의 대륙, 느낌의 바다가
이 머리, 이 입술 안에 돋아나 잇몸살 간지러워
엄마를 열고, 세상을 열고, 제 몸의 빗장을 열고
화들짝, 말 꽃송이
어느 유구한 초원을 가로질러 건너왔나
이렇듯 난데없는 폭발은

어느 깊은 골짜기에서 데리고 왔나
어떻게 인간이란 미로를 거쳐 아무렇지도 않게
마구, 저 작은 입술 위로 범람하나
경례, 그림자, 거울, 미안해, 적당히,
흘릴까 봐 걱정돼, 마음 풀렸어?
엄마 가을이 멋지네……
아이의 호명에 놀란 사물들, 느낌들 저마다
호동그란 눈으로 관객들을 바라보네

시간의 지층이 들썩이며,
몸 속 잠들었던 무덤 열리며, 파릇파릇
매번, 세상이 시작되는 오늘은
새싹 말들의 생일

꽃다발

밤하늘 별은 하늘의 꽃
아이의 웃음은 울음은 눈짓은
꽃 중의 꽃 기쁨 우주꽃
저마다 혼자로 가득 찬 하루는
순간 순간의 꽃송이로 엮은 우주 꽃다발

혼자서도 반짝이는 초능력은요
아이한텐 남이 없기 때문이래요
아이란 남의 삶을 살지 않는 시간
아이란 자기 이름 뒤에 숨지 않는 얼굴
혼자와 혼자의 간격 지키느라
어둠 속 말 없는 눈빛만으로 반짝이는 별
웃다가도 뚝, 울면서도 뚝, 힘차게 반짝이는 별

별들의 운동회 은하수는요 아이들은요
옛날 언젠가의 우리들은요
혼자인 노래들의 합창 우주 꽃다발

봄눈

안쪽 먼 곳이 자꾸
오래 마른 날개처럼 으스러지는
가루 가루 흩날려 가늘게 수근대는

문득 다가오는 검은 눈송이
이상해
시간의 애틋한 얼굴이 편안해 보여
시린 듯 아프다 말고

가까워, 나비처럼
이 얼굴에 내려앉아
땅도 하늘도 많이 가벼워졌어

매번 못 본 체 지나치던,
작은 날개 새로 돋은,
아직 낯 서러운,

봄아 안녕

눈사람 성자

산행 길 마주치며 서로를 한 번 쳐다본 눈빛 속
일초 남짓의 시공에 서 있는 한 사람
지나치던 타인이 보내고 나는 받았을 뿐인 시선을
흘깃 읽는 순간
앞으로 못 만날 그이의 광배(光背)에 노출된 것이다

그이는 산길 너머 시간 속으로 사라졌지만
일초가 세상 안에 살아남아
피사체인 나를 계속 바라보고 있으니
내가 넘겨받은 그 광속도가 몸에 인화되고 있으니

타인에서 이웃으로 돌아서는 데
내 속의 날선 타인을 밀어내는 데
단 일 초면 가능하리라는 기분

도무지 허술한 구석에 폰카를 들이대는 내 모습에
슬쩍 눈웃음을 던지다 들킨 시간—
두 눈빛이 마주치는 길목, 비켜설 데 없는 정면

그이의 눈에서 걸어 나와 내 앞에 우뚝 선 눈사람

눈빛의 찰나 말고는 다 세상 속으로 돌아간 지금
나는 그이처럼 누구에게
먼저 눈사람 선물을 보낸 적 있나……
수신인 주소 없는 답장을 하염없이 쓰고 있는 지금
그이가 보내준 이 기나긴 눈빛을 나는
우리 곁의 가장 가깝고 흔한 곳에 다니러 온
눈사람 성자라 쓴다

놀라운 일

1

한 점 섬은, 평생 자기 온몸 안아주는 바다를
바위와 모래와 갯벌 속 조개의 바깥으로 생각할까

한 그루 나무는, 자기를 키워주는 흙과 물과 햇빛을
꽃과 잎과 열매와 새 둥지의 바깥으로 생각할까

나는 내 한 몸, 때도 없이 드나들며 참견하는
공기와 밥과 집과 사람들과 산과 바다를
내 마음과 생각의 바깥으로 생각하지 않을 수 있을까
한 발짝도 나가본 적 없는 곳으로 들어갈 수 있을까

2

다른 이는 내 생각의 바깥에 있다
내 한 몸 아니면 다 바깥이라는 생각에서다

그러니까, 결국, 내 몸과 생각이 다른 이들의 바깥이다
사실 그리 놀라운 일도 아니다

오직 나에겐 바깥이 아닌 내 몸 내 욕망 내 종말을
모든 바깥이, 바깥인 나를, 바깥 아닌 바로 나를
한심한 풍경처럼 넋 놓고 바라볼 수 있다니!
사실 나만 생각해도, 생각만 해봐도
그리 놀라운 일은 아니다

섬에게 나무에게 내 몸에게
자기만의 자기가 없다는 것이
바깥만의 바깥이 없다는 것이……

배꼽

자물쇠만으로 이루어진 성벽 문

한때 하늘과 이어지는 소슬한 오솔길이었던 이곳은
이제 황폐한 영육의 머나먼 과거를 감시하는
외눈박이 수문장에 불과하지요

온갖 애증이 들끓는 소용돌이 한가운데로
한순간 울음의 우주가 만개하던 빅뱅의 시절
누군들 자기 한 몸이 궁전 같던 시절 없었을까만
세상 목숨들의 빠져나갈 수 없는 미궁이 돼버린
언제 터질지 모를 하수도 맨홀 뚜껑이 돼버린

어쩌면 이 세상의 유일한 비상구
어쩌면 하늘정원 같은 엄마 품으로 들어가는 현관문

몸통 한가운데서 시커먼 나를 빤히 쳐다보지만
폐허로 변해버린 흉터가 아스라한 상처를 기억하
는 한

숨통이 철벽같은 밥통에 붙어 있는 한
하느님으로 이어지는 자궁이 숨 쉬고 있는 한

지금도 울리는 엄마 목소리
머언 북소리의 얇은 껍질 안쪽—
끝내 돌아가야 할, 두근두근 둥지의 삶

베껴야 산다
—어느 여성 소설가를 생각하며

인간은 베낀다
엄마의 숨소리를 자기 심장에 베끼고
젖냄새 나는 가슴의 부드러움을 얼굴의 미소에 베
낀다
제 몸의 갈증과 울음을 베껴서 걸음마로 옮기고,
서툰 단어들 하나하나 대지의 백지 위에 베껴 쓴다
일기장 한 페이지를 베껴선 베개 밑에 감춘다
책 한 권 한 문단 전체를, 백 권의 책을 베낀다

우연히 만난 한 사람의 버릇과 슬픔과 좌절을
서로의 눈빛 속에 새겨 넣을 무렵,
상처가 상처에게 건네는 단어를 별빛이라고 발음
하며
설레는 목소리에 베껴 쓴다
낯선 시간의 울림, 마당 깊이 들어온 햇살을 베껴선
몸속 거울의 서랍 안쪽에 하나하나 담는다

이 모든 것들을 언제 베낀 것인지 거울은 잊는다

거울에 남은 것은 나 자신의 얼굴
잊는다는 건 내 안에 들어와 나의 전부가 되었다는 것
매일 먹는 밥 한 공기를 베낀 사실을 잊는다는 게
왜 가능하지 않겠는가
하지만 그 밥이 나의 몸이 되고 정신이 되었음을
왜 기억해내지 못하겠는가
지금 이 생각, 이 문장이 누구 것인지 누가 알겠는가
다만 잊었을 뿐이다

우리는 늘 태고를, 천지창조를 베끼고 있다
한 사람을, 하나뿐인 지구를
고스란히 베끼지 못해 슬퍼하는 사람이 있을까
다만 우주의 언어인 파도 소리 한 소절을 필사할 수
있을 뿐이다

우리는 우리가 베끼는 모든 것들 속에 있다
내가 베낀 것들이 나다
내가 미처 베끼지 못한 것들이 나다

일거에 찾아올 망각을 슬퍼하지 말고
내 안의 모든 나여, 기쁘게 뜨겁게 베껴라

눈맞춤

고층 절벽 사이, 눈, 내려오다 말고
눈송이 몇몇 창가에서 눈 껌벅인다

함께 떠오르는 무엇이 있나 슬며시
내려다보는 이름 없는 눈동자 하나,
허공의 가녀린 시선 속에 든 나,

몸무게 잃은 흩날림
내려오던 일 잊었다는 듯
갸우뚱 떠오르다, 말고
창문에 바싹 스치며 들여다본다

안쪽에 안쓰러운 무엇이 있다는 듯
이내 떨어져 나갈 무엇을, 내가 잊고 있다는 듯
기다림인 듯 아픈 돌아봄인 듯

창문 밖에서 안에서
두 시선의 무연고한, 긴 체류

주저흔

한 글자 한 글자 야생동물의 발자국을 따라가며
한 걸음, 한 호흡, 흘린 분비물의 동선을 좇다 보면,
감정과 감각의 미로에서 멈칫거리던 신경세포를
따라
뇌수의 먼 바다까지 항해하다 보면
단어와 행을 더듬던 손과 발의 설렘이 문득 돋아
나고

상상과 꿈의 영역 표시에 담긴 숨은 의미와 함께
갈증에 헐떡이는 육신에 새겨진 가계의 유전자와
함께
착란과 침몰의 어두운 그림자와 함께
내 앞까지 바싹 다가온 시인의 자부와 좌절의 시간
들이
혈흔을 통해 손끝에서부터 심장으로 침투해 들어
올 때

침묵의 벽으로 파고 들어가려는 시인의 절망과 주

저를

　손끝으로 더듬어 꺼내려는 순간

　아연, 화면에서 굴러떨어져 나체로 변한 시인의 몰

골……

　칼날의 비릿한 웃음소리가

　시인 자신의 일그러진 얼굴을 예리하게 그어대는

순간

　치욕의 자술서로 남은 처연한 흉터,

　시인의 칼끝이 다음으로 향하는 곳—

　푸들푸들 떨고 있는 내 손목 위에서

　시퍼런 칼날을 넘겨받은 나의 필사는 이어진다

역사(力士)

동대문, 1963년 겨울을 십칠 년 지난 그때 겨울

석축공사 일 끝내고 산비탈 움막에 지친 몸 눕히며,
골목 담벼락에 오줌 깔기듯 자기한테 창신동한테
골방 벽지 위에 개새끼라고* 작명하던,
어쩌면 김승옥 닮은,
어쩌면 마흔 남짓 서 씨** 닮은 외톨이 사내

월하독작의 길바닥에 주저앉은 스물한 살의
낯선 노숙을, 훌쩍 둘러메고
단칸방 막다른 궁지에 부려놓은
한 중년 사내의 귀갓길이 어렴풋이 스쳐갈 뿐

훤한 아침 풀쩍 놀라, 돌아보니,
없는 것만 있어 한눈에 다 보이는,
주인 일 나가고 없는 빈방
우리 집에서 10분 거리였던,
머나먼 피안 그 너머 외딴 둥지—

갓, 사십여 년 전의

누구도 되찾아 갈 수 없는 궁벽(窮僻) 위로,

사내가 밤새 새겨놓은

감히 따라 쓸 수 없는 새까만 이름……

* 김승옥의 단편소설 「역사(力士)」(1963년 발표) 중, "창신동에 사는 사람들은
  모두 개새끼들이외다"에서 따옴.
** 「역사(力士)」의 등장인물(동대문 성벽의 돌을 한밤중 들고 흔들어 보인다).

빗방울 망원경

이 빗방울들의 성분은
올려다보는 나와, 기억의 둥근 거울과,
가까워진 세상의 발걸음 소리와,
공기의 한결 차분한 피부—
희미하게 뒤척이던 시간의 빛들이
걸음걸음 조금씩 밝아오는지
문을 나와 자꾸만 걷게 만드는

이 빗방울 거울은 내가 보이는 망원경

빗소리 안에서만 사는 사람이 있어서
그의 목소리가 저리 여리게 다가오고 있으니
길거리 저쪽까지의 움직임들이,
그 속에서 어른거리는 반짝임들이,
조금씩 한 걸음씩 그가 되려는 것 같아

이런 흔들림은
빗소리 안에 가늘게만 번져 있어서

나의 걱정들을 잠시 동안만이라도
그의 등 뒤에 기대어 두어도 될 것 같아

이런 반짝임 안에는
이 세상에 없는 누군가를 기다리는
오래된 사진 같은 의자가 있을 것 같아

민들레 대합실

무섭지는 않을까요, 깜박이며 흔들리는 정거장에서
우리는 저마다 낯선 바람의 대합실
하얗게 부푼 이 가슴 안에는
무엇이 있는가요, 누가 어른거리고 있나요

내 옆에 선, 사랑하던 저이는
이렇게 가까이 있는데, 왜 그리 머나먼 곳 같을까요
여태 가슴을 찌르던 수많은 가시들 이것이 날개인
가요
가시 끝으로 몰려오던 생각의 충혈들
얼마나 더 마르고 바스러져야
가파른 깃털로 엮은 상여 한 채 지을 수 있을까요

바람의 실핏줄로 지은 범선
빛이 다 무르익은 꽃잎의 가슴은 노래가 된다지요
먼 바람 소리 눈부셔 등 떠밀 듯 흔들리는 간이역
출범할 시간이 되었나요, 날 수는 있을까요
여기 나 말고 아무도 없는 이게 빛인가요

빛은 나도 아무도 없는 황홀인가요

날개는 노래의 꿈이라지요, 노래는 빛의 꽃잎이라
지요
하얀 빛은 돌아올 수 없는 하늘의 날개
평생 나의 몫이 아니었던 날개를 펼치고
이제 나는 떠날 수 있을까요
날개가 된 알몸은 허공의 맨 앞에서
저리 눈먼 사랑을 견딜 수 있을까요

민들레, 흰옷의 무인 우주왕복선

걸음마

—반야용선

이제라도 배를 타고 나와 함께 가야겠어
섬에서 섬으로 내 한 몸 돛을 삼아
걸음마 하듯 섬 이름 하나하나 읊조리며
너울너울 파도 한 굽이씩 나침반 삼아
오르며 내리며 환한 멀미 이승 끝 떠나가야겠어

들꽃 이름 하나에 꽃잎 색깔 한 번씩
섬새 들새 이름 하나마다 날개 무늬 한 번씩
뱃전 파도 소리에 비명(碑銘) 한 줄 새기며
잊었던 나에게 잃어버린 너에게 돌아가야겠어

난간 부여잡고 쏠리는 몸 안간힘 쓰지 말고
떠나온 곳, 먼 산 보듯이라도 행여 돌아보지 말고
바람결 물보라 난간 삼아 빈손 꼭 쥐고
두려워할 바도 슬퍼할 바도 손바닥 안에 있어

한 몸 여기가 떠나온 곳,
한 몸 여기가 돌아갈 곳,

한 몸 여기가 이 세상 홀로 떠나가는 배—
파도 한 조각 안으로, 푸른 빛 그늘 안으로
물거품 타고 굽이굽이 모든 몸들 더불어
하늘바다 한 몸 나에게로 영영 돌아가야겠어

풍선 인간

질긴 몸의 관성으로부터 놓여나려는 듯
물컹거리는 뻘의 시간,
길었던 지상에서의 노역을 이제 풀어주고 있다

처음 이 몸은 얼마나 아득한 숨결이었나
태초의 긴 호흡 속에 울음 바람이 먼저 들어왔다
둥글고 탄력 있는 천체 안에는
첫걸음마에 놀라는 엄마의 박수 소리가 담겨 있었다
경이와 질문과 놀이로 빚은 입술이
처음 보는 얼굴들의 색과 향기의 이름을 부르자
하늘은 눈부신 기쁨으로 아이를 들어올렸다
몸 안의 하늘과 몸 밖의 하늘은 다르지 않았다

기이하고 낯선 시간이 오고 있었다
하늘이 줄어들고 있었다
온몸 팽팽하게 떠밀어 올리며
세상 구석구석을 어루만지던 바람이
어디로 돌아가고 있는지 알 수 없었다

날아오르다 천공 어디쯤에서 산화하며
하늘과 하나 되는 그런 귀로는 아니었다
날개였던 팔과 다리는 어디론가 떠나가고,
살과 뼈의 출렁이는 탄력 거의 다 빠져나간
공원 벤치 위 풍선 인간 하나—

단단한 씨앗이 되려는가
까만 눈동자만 지상에 남겨두고
한때 하늘이었던 바람의
기쁨이, 눈물이, 어둠이 맹렬하게 탈출하고 있었다

메아리

갈기가 날리기 시작하면 바람은 이미 통신 중
한 가닥 연줄에 실린 바람의 방아쇠를 당기자
언덕 풀밭은 담벼락 같던 내 잔등을 떠민다

밀며 밀리며 바투 당기는 손목 파란 핏줄이
바람 속에서 마악 꺼낸 햇빛의 화환을
둥 둥 북소리의 중천으로 띄워 올려 보낼 때쯤이면
나의 눈은 어느새 하늘빛 번지는 노래

육신의 중력을 딛고 바람보다 멀리 가려는 자 누구
인가
담장 무너진 시원(始原)의 성채 주소를 묻는
연줄의 팽팽한 울림—
그 속을 달리는 고삐 풀린 한 마리 말의 갈기가
하늘과 땅 사이, 사람과 사람 사이의 거리를 당긴다

굳었던 땅이 푸릇푸릇 풀리며 뜨고
시들었던 몸 풀리며 덩달아 내가 뜬다

몸의 한가운데를 선회하는 연은 하늘의 숨구멍,
한껏 숨을 들이쉰 하늘 저 안쪽이 나를 당기고
당겨진 힘으로 내가 나에게로 뜬다
하늘과 사람이 서로서로 당기는 힘으로 동시에 뜬다
추락하는 힘으로 슬픔이 날아오른다

마른 물소리 맛

이런 거두절미, 멀리까지 아리다
몸속 빈 들판 무심코 불러 세운다
뼁대라 불리기엔 좀 아쉬운 높이의 바위 절벽이
단호하다, 휘청거리는 세상 무지르는 한 마디 같다
수량 줄어 생각의 울타리도 목마른 방태천,
저쪽 빈 버스 정류장 아래 장의자가 간명하다

물소리 사이가 넓어 찬찬히 들여다보인다
자꾸 허름해지는 형님 같은 맛
거두절미의 슴슴한 배후가 가까워진다
빗소리 후두둑 생각난 듯 창문 들이치다
문득 기다리는, 11월 서운한 찬 맛

집주인인가 아니면 동네 알바 할아버지인가
밑도 끝도 없이 툭, 식탁 모퉁이에 놓이는 접시 위
모밀 사리 두 타래…… 사이가 넓다
용건 없는, 쓸쓸한 시간의 맛이 무작정 가깝다
이리 끌고 온 친구에게 메밀김치전도 서비스니?

소리 낮춰 물어보다 마는 쩨쩨한 내가 가깝다

건너편 바위 절벽 근처와 내가
서로 마주보고 있는 이 허술한 간격
어둑어둑한 틈이 대책 없이 아프다

추파

나 자신과 씨름 한다면서
사실은 남들의 바깥인 나와,
정확히는 나도 남도 없는
텅 빈 바깥에게만
추파의 눈길을 보낸 것이다
꼭 그렇진 않으리라 생각하기도 했지만
놀라운 일이다
나도 남도 사랑도 없이
연애하고 싶다고 엄살만 피워댄 것이다
최소한 나는

비 갠 후

모든 게 금방 일어난 일 같아
지금 가슴에 들어오고 있는 공기에 말이야
이 작은 소요가 처음 내게 다가온 것 같아
이런 소란엔, 나 말고도 초대하고 싶은 이들이 많아

아니야,
아무도 안 올 거야
나에겐 부를 입이 없으니까
이름 없는 이들은 어떻게 불러……

아니야,
나 말고 네가 오잖아, 오고 있잖아
마악, 비 갠 이 서늘함을 믿으라구
무작정 믿지 않으면
너에 대한, 혹시 나에 대한 사랑
돋아나지 않을지 몰라
아니, 그런 건 아예 없을지 몰라
그러니까 무작정 사랑하라구―

해

설

―――――――

아침마다 눈뜨면 우렁우렁 도착하는 '저기'

—이강문의 『너머의 너머』에 대하여

황규관(시인)

1.

　이강문 시인은 '시인의 말' 첫 문장에서 이렇게 말하고 있다. "나의 유일한 독자인 거울아". 이 말은 시인이 나르시스트이기 때문에 한 말은 아닌 것 같다. 일차적으로 심리적인 외로움의 토로일 수도 있겠지만 아무래도 시인 자신이 자신의 내면을 타자에게 기투(企投)하고 되돌아오는 '메아리'를 받아 적어서 시를 짓기 때문이라고 받아들이는 게 맞을 것이다. 이어서 자신의 "유일한 독자인 거울"에게 "수렁 같은 편지를 자주 보내주렴"이라고 말하고 있잖은가. 그런데 여기서 중요한 것은, 타자에게 자신을 기투한 다음 도착하는 "편지" 자체가 아니라 편지의 내용이며 성격일 것이다. '시인의 말'에서는 일단 그것이 "수렁" 같다고 했지만, 시의 언어는 단순히 대상을 지시하는 기능만 수행하는 것은 아닐뿐더러, 정보와 기호의 차원을 훌쩍 뛰어넘는 차원에서 펼쳐지는 동시에 정보와 기호가 되는 근거를 허물며 존재하는 것이기에 우리는 좀 더 안으로/밖으로 깊이/멀리 나아갈 필요가 있다.

그렇다고 군이 에둘러 갈 필요는 없다. 먼저 표제작인 「너머의 너머」를 읽어보자.

저기로 가는 너머는 여기 있다는 걸
여기의 너머는 여기인 걸
아침마다 눈뜨면 우렁우렁 도착하는
나의 너머, 세상의 너머인 아이들을 보면 알 수 있다
어디 너머에서 오신 갓난아이와
저 너머로 넘어갈 나와의 이 한 치 앞 거리를
손으로 눈으로 입술로 만져보면 알 수 있잖은가

올해의 꽃과 내년의 꽃 사이,
지금 이 꽃과 다른 저 꽃 사이,
이토록 환한 너머의 너머
─여기가 저기다

　　　　　　　　　　　　　　　　　─「너머의 너머」 부분

이 작품은 우리가 통념적으로 받아들이고 있는 '너머', 즉 '여기'를 넘어서 존재하는 '저기'를 말하는 것도 아니고, '저기는 곧 여기' 같은 관념적인 오도송(悟道頌)도 아니다. 물론 작품의 마지막 행에 "여기가 저기다"라고 분명히 말하고 있지만, 중요한 것은 그 '깨달음'에 이르는 여정이며 '깨달음'이 품고 있는 진짜 속뜻을 읽어내는 일이다. 인용 부분에서 시인은 "아침마다 눈뜨면 우렁우렁 도착하는/ 나의 너머"라고 했거니와 '저기'와 '여기'는 본디 같거나 다른 것/곳(실체)이 아니라 어떤 순간이며 때이다. 즉 '여기'와 '저기' 사이의 거리/관계인 것이다. 그럼으로써 "저기로 가는 너머는 여기 있"으며 나아가 "여기의 너머는 여기"인 것이다. 정확히 말하면 이 시는 '여기'와 '저기'에 대한 시가 아니라 그 사이에 존재하는, 혹은 '여기'와 '저기의 관계 양식으로서의 "너머"에 대한 작품이다.

우리는 일상에서 "너머" 자체에 대해 사유하지 않고 곧바로 '여기'와 '저기'에 대해 집착하게 되는데, 일테면 '저기'를 '여기'의 대안으로 받아들이거나, 같은 말이지만 '여기'를 '저기'로 가는 과정 혹은 통로로 인식한다. 시인의 말대로 하면 그동안 "너머를 비굴하게 숭배"했기 때문이다. 저 "너머"에 '여기'와는 다른 '저기'가 있으리라는 기대 혹은 환상. 그래서 '저기'는 경험해보지도 못한 채

오로지 "그리움으로 치장"된다. 달리 말하면, '저기'는 실감해보지도 못하고 은유 혹은 상징으로만 존재한다. 물론 '저기'를 향한 "그리움"은 '여기'를 사는 힘이 될 수도 있고 '여기'를 변화시켜 나가는 계기가 될 수도 있다. 그런데 '저기'가 단순하게 서정적 그리움이나 또는 심리적 자기 위안으로 빠질 위험은 없는가? 이것이 모든 이상주의의 함정이다. 즉, 이상을 품고 '여기'를 사는 것이 문제가 아니라, 이상에 못 미치는 '여기'를 부정하거나 멸시하며 또는 '저기'를 (초월적으로) 머물게 하는 게 이상주의의 속성이다. 위 시에 즉해 말하자면 이상주의는 "내가 나로부터 그만큼 멀리 떨어져 있"게 만든다.

길게 말할 것 없이, 이강문 시인은 그간의 '저기'를 "높은 곳에 모셔" 두고 산 시간을 돌아보며, "몸뚱어리"로 되돌아온다. "밥과 배 속과 마음속"이 각자 "묘연한 거리"를 가진 채 "한통속"이라는 것이다. 이렇게 "저기로 가는 너머는 여기에 있다" 못해 "여기의 너머는 여기"임을 아는 것은, "세상의 너머인 아이들을 보면 알 수 있다". 그리고 "아이들"은 "아침마다 눈뜨면 우렁우렁 도착"한다. 아이들이 여기에 '있다'(존재한다)가 아니라 "도착한다"고 하는 것은, 어떤 생성과 이행의 순간(때)을 가리킨다. '저기'는 여기 '너머'에 있는 것이 아니라 '여기'에서 생성하는 것이며 이 생성 자체가 바로 '너머'인 것이다. 생성은 언제나

'사이'에서 일어나는바, 시의 마지막에서 '꽃과 꽃 사이'가 "이토록 환한 너머의 너머"라고 말하는 것은 그 때문이다. 하지만 세간의 오해와 달리 생성은 존재와 대립하지 않는다. 생성 자체가 존재(sein)이며 생성을 통해 '여기'도 '저기'도 존재(seindes)한다. 그래서 "여기가 저기다".

「너머의 너머」는 한 마디로 거피취차(去彼取此)를 노래한 시인데, 시집 여러 곳에서 이강문의 시에는 '저기'[彼]에 대한 예민한 의식을 보여주고 있다. 어떤 작품들은 '저기'에 대해 강박적으로 붙들린 인상까지 주면서 이것이 시에 긴장을 불어넣기도 하고 시의 코어(core)를 흔들리게도 한다. 그러다 보니 언어가 언어를 수식하려는 경향마저 띈다. 어떻게 보면 이강문의 이번 시집을 관통하는 것은 '저기'에 대한 이 예민한 의식일 텐데, 앞에서 언급한 '시인의 말'의 한 구절, "나의 유일한 독자인 거울아"는 참으로 많은 것을 암시한다고 할 수 있다. 하지만 이강문이 오로지 "거울"만 찾았다면 이 '시의 집'은 건축되지 않았을 것이다. 거울을 향한 사랑은 맹목에 빠지지 않았고, 도리어 거울에게 응당한 대가를 요구했기에 이 '시의 집'은 가능했던 것이다. 그러니까 '너머'를 단지 "비굴하게 숭배"만 한 게 아니라는 뜻이다. '너머'를 직접 산 용기 있는 사람만이 결국 '저기'와 '여기'가 동시에 거할 수 있는 순간(때)을 생성한다. 그런데 이강문에게 '저기'와 '여기'

가 단순히 관념의 소산인 걸까? 「너머의 너머」의 결말 부분에서 구체적이고 감각적인 이미지("손으로 눈으로 입술로")로 제시되기도 했지만 다음에 읽어볼 시 「빈집의 기억」은 이번 시집에 실린 가작 중의 하나이기도 하고, 이강문의 상상력이 사회적이고 역사적인 연원을 가진다는 점을 보여준다.

2.

밖으로 문을 잠갔네

기다리는 두 아이들의 손과 발에 자물쇠를 달았네

아무도 없는 빈집이 되라고

엄마 아빠 돈 벌러 나간 사이

엄마 아빠만이 빈집의 유일한 열쇠가 되었네

수상한 밖이 안전한 안으로 들어오지 말라고

사랑스러운 안이 위험한 밖으로 나가지 말라고

성냥불에 재가 된 몸으로

안에서 문을 두드리고 있었네

불타는 안에서 불타는 밖으로 나갈 수 없었네

안과 밖, 불타는 빈집에 갇혀 어디로도 나갈 수 없었네

밖은 이십 년 삼십 년 화르르 번성해서

잿더미가 된 안쪽을 지키고 있네

바닷가 물거품이 된 안쪽을 지키고 있네

안에서 기다리다 돌아오지 못한 아이들이

밖으로 나오지 못하도록

새카맣게 탄 엄마 아빠의 가슴 나오지 못하도록

밖은 견고한 자물쇠가 되어

화창한 안전한 밖을 지키고 섰네

흉흉한 소문 새어 나오지 못하도록

기억을 날카로운 흉기로 만들어

텅 빈 사람들이 사는 빈집을

너도나도 지키고 섰네

—「빈집의 기억」전문

　이 시는 정태춘, 박은옥이 1990년에 부른 노래 〈우리
들의 죽음〉의 가사 내용을 어쩔 수 없이 떠올리게 한다.
그리고 노래의 가사 내용은 실제 벌어진 사건이기도 했
다. 그 사건이나 또는 그 노래에 영향을 받아 지어진 시인
지는 잘 모르겠지만 내용적 정황은 흡사하다. 정태춘, 박
은옥의 노래와 다른 점이 있다면 이강문의 시는 사회적

인 메시지에 머물지 않는다는 점이다. 도리어 "성냥불에 재가 된 몸으로/ 안에서 문을 두드리고 있"는 사태가 "이 십 년 삼십 년 화르르 번성" 중임을 말하고 있으며, 나아 가 "흉흉한 소문이 새어 나오지 못하도록" "잿더미가 된 안쪽을" "너도나도 지키고" 있다고 한다. 이 시에서 '안' 과 '밖'은 이렇게 구체적이고 사회적이다. 그리고 '밖'은 '안'을 여전히 철통같이 억압하고 있다. '안'이야 어찌 되 든 말든 말이다. 시인은 "잿더미가 된 안쪽을" "기억"이라 부름으로써 그 사건이 과거인 것처럼 말하고 있지만, "견 고한 자물쇠"를 채운 "밖은 이십 년 삼십 년 화르르 번성" 중이라고 한 것에서 드러나듯 그것은 현재적 사태이기도 하다.

이 시의 '안'과 '밖'이 「너머의 너머」의 '여기'와 '저기' 에 딱 맞게 대응되는 것은 아닐 것이다. 하지만 이강문의 무의식에는 '안'과 '밖' 그리고 '여기'와 '저기'에 대한 예 민한 인식이 똬리를 틀고 있는바, 이 점을 먼저 발견하고 천착하는 일이 이강문의 시집을 관통하는 '일(一)'을 확보 하는 길이다. 확실하게 이강문의 시에서 이 '일(一)'을 알 아채야만 나머지 작품을 관통하는(一以貫之) 길이 열린다. 그런데 여기서 한 가지 물어야 할 것이 있다. 이강문은 세 계를 이분법적으로 또는 이원론적으로 보고 있는 것일 까? 이분법 또는 이원론은 숙명적으로 '여기'와 '저기' 또는 '안'과 '밖' 사이에서 시달리게 된다. 이 시달림은 자아의 분열을 일으키거나 허튼 봉합으로 나아가게 하는데, 한편으로 시는 분열과 봉합을 표현하기 위한 손쉬운 수단이 되기도 한다. 시가 전투의 기록, 일종의 전투일지라는 생각은 시를 평화의 수단으로 생각하는 서정시인에게는 철저하게 배제되곤 하는 것이다. 시가 전투일지이기도 하다는 사실은 오늘날 점점 발붙일 데를 찾지 못하고 있으며, 그러다 보니 삶은 화약 냄새가 사라진 꽃밭으로 표상되기도 한다. 혹은 '내적 평화'를 상징하는 비둘기의 발자국 소리. 니체는 비둘기 발걸음으로 오는 사상이 세계를 움직인다고 했지만 당연히 니체의 비둘기 발걸음은 낭만적인 '내적 평화'가 아니라 세계를 바꾸기 위한 조용한 폭풍을 의미하는 것이었다.

그렇다면 「빈집의 기억」에서 시인이 말하고자 하는 것은, "불타는 안"과 "불타는 밖"의 견고한 대립인가. 아니면 그 '안'과 '밖'의 통일된 이미지인가. 그것도 아니면 「너머의 너머」의 경우처럼 '안'과 '밖'이 적대적이든 친화적이든 서로 맞물린 채 회전하는 새로운 지평을 향한 운동인 걸까. 하지만 아무래도 중요한 것은 '안'과 '밖'의 관계가 어떤 성격을 갖느냐는 아닌 것 같다. 그것은 시의 말미에서 드러나는데, "잿더미가 된 안쪽"에 대한 기억은 어느새 "날카로운 흉기"가 되었고 이 '안'을 지키는 주체는

"너도나도"이기 때문이다. 그런데 여기서 "너도나도"는 추상적인 '우리'도 아니고 사회적인 의미의 사부대중도 아니다. 의외로 "너도나도"는 구체적인 주체인데 그것은 "돈 벌러 나간" "엄마 아빠"라고 1연에서 밝히고 있기 때문이다. 시에서는 이 이상의 확장된 추측과 해석의 여지를 두지 않지만 "너도나도"에 시적 화자도 포함되는 것 확실해 보이며, 우리는 그럴 때에 이강문 시인이 앓고 있는 '여기'와 '저기', '안'과 '밖'의 이중체로서의 세계에 다가갈 수 있을 것이다. 따라서 「빈집의 기억」에는 사회적 의미를 가진 사건으로 시작해서 시적 화자의 실존적 의미에 도달한 '구도의 경로'가 숨어 있다고 말해도 좋다. 그리고 이는 이 시집 전체에서 풍기는 느낌과 겹치는 점이기도 하다.

3.

이런 느낌을 뒷받침하기 위해서 「초혼」을 읽어보는 것도 나쁘지 않을 것 같다. '초혼'은 우리가 아는 대로 죽은 이의 넋을 부르는 행위인데, 이 시에서는 약간의 의미 변용이 가해져 사용되고 있다.

자기 밑바닥이 자기를 부르는 소릴 듣는다는 이들이,

절망의 덫에 걸린 슬픔이, 의분에 휩싸인 아우성이

종종 하늘과 가장 가까운 옥상에 올라와

땅바닥에 있는 자기 자신을 내려다본다

—「초혼」 부분

"자기 밑바닥이 자기를 부르는 소릴 듣는다"는 것은, 뒤이은 "절망의 덫에 걸린 슬픔"이 암시하듯 한 실존이 어떤 극단의 처지에 몰렸음을 가리킨다. 그럴 때 "자기 밑바닥이 자리를 부르는 소릴 듣는"데 그 '밑바닥'은 단지 "옥상이 혼자 하는" 소리였을 뿐이다, 즉 옥상은 밑바닥을 대신해 "절망"과 "의분"을 불러서 한 실존의 '진짜' 밑바닥을 보여주고 있는 것이다. 그런데 옥상이 부른 목적은 "절망"과 "의분"을 투신으로 해소하라고 부추기기 위해서가 아니다. 옥상은 타나토스(thanatos)의 유혹이 아니라 우리가 사는 삶의 진면목을 보여주기 위해서, 도대체 "자기"가 느끼고 있는 "밑바닥"의 실상이 무엇인지 보여주는 코나투스(conatus)의 위로라고 말할 수 있다. 즉 옥상은, 삶의 밑바닥이 부르는 소리를 들었거든 '밖'을 찾으라고 말하고 있는 셈이다. "밖이 보이지 않을 때" "영혼의 지붕인 옥상"은 "언제나 어디서나 우리 모두를 부르고 있다". 여기서도 확인되는 바이지만, 이강문에게 '밖'은 구도적인 의미의 '밖'이기도 하지만 자본주의가 강요하는 존재의 결핍을 충만으로 전화(轉化)시키는 다른 세계를 가리키기도 한다. 당연히 도(道)가 비가도(非可道)이듯이, 그 다른 세계에게 명징한 이름을 붙일 수는 없다. 오직 '저기' 혹은 '밖'일 뿐이다.

그럼에도 불구하고 다른 시편들을 통해 이강문의 시는 구체성의 세계로 조금씩 다가서고 있으며, 그것은 삶의 활기를 회복하는 것과 같은 보조를 취하고 있다. 예컨대, "온통 캄캄한 나에게"도 "눈물 글썽한 반달"(「달과 달팽이」)이 있다는 자각도 그렇고, "폐업 철거 중인 점포의 내부"와 "등뼈 훤히 드러난 정도의 안간힘"만 남은 현실도 결국 "사다리 하나"(「사다리의 충고」)라는 발견도 그렇고, "무진장한 폐허의 귓가를 웃음의 맨발이/ 무찌를 듯 마구 밟고" 다니는(「맨발」) 용기도 그 증거로 합당하다. 드디어 「하늘 광부─고흐 생각」에서는 "처음과 끝을 동시에 바라보는" 경지를 노래하고 있는데 그렇다고 득도의 포즈를 취하고 있는 것도 아니다. 도리어 이 시는 고독을 말하고 있으며 여기서 고독은 주체가 타자들과 다른 경지에 진입했을 때, 즉 무리 가운데에서 빠져나와 다른 길에 들어섰을 때 밀려오는 긍지의 다른 버전이다. 이 시의 마지막 구절은 그것을 잘 표현하고 있다.

해와 달과 별의 메아리 안으로 침입한 한 사내

처음과 끝을 함께 자기에게 출산한 한 사내

노란 집 빈방 의자에 홀로 앉아 있네

　　　　　　　　　　—「하늘 광부—고흐 생각」부분

이 대목은 이 시집 전체에서 가장 강렬한 이미지이기도 하다. "해와 달과 별의 메아리 안으로 침입한" 순간(때), "처음과 끝을 함께 자기에게 출산한" 포이에시스(poiesis)는 "노란 집 빈방 의자에 홀로 앉아 있"는 존재–상태(seindes)를 현현하게 한다. 그리고 이것이 이강문의 시가 도달하고자 하는 '시적 순간'의 이미지인지도 모르겠다.

4.

지금까지 몇 편의 작품을 집중해서 읽은 것은, 비유하자면, 시집 자체는 나사못에 해당되고 개별 작품들은 나사못의 나사산 같은 형태를 취하고 있기 때문이다. 이럴 때는 가장 도드라진(다고 느껴지는) 작품을 선택해 그 의미를 밝혀야 독자들이 시집 전체에 용이하게 접근할 수 있다. 비평 혹은 해설이 작품의 이해를 위한 향도 역할에 국한되는 것은 아니지만, 아무래도 아직 알려지지 않은 시인의 첫 시집이라는 점은 해설을 쓰는 이에게 그러한 책무를 지워주기에 충분하다. 한편으로 대부분의 첫 시집은 항구에 접안할 때 출렁이는 물결에 흔들리는 배처럼 다소간의 불안정을 갖기 마련이고, 이 불안정이 다음을 기대하게 하는 잠재성으로 꿈틀대는지 아니면 조금 더 성숙한 조타술을 필요로 하는 것인지에 대한 독자 나름의 판단이 있을 수 있다. 그리고 독자들 중 시간상으로 앞선 '해설자'에게도 느낌이 없을 수 없다.

시집의 3부에 이르면, 꿈틀대는 잠재성 대신 보다 성숙한 조타술이 보이기 시작하는데, 이렇게 보면 이강문의 시는 지금보다는 다음을 더 기대하게 만든다. 잠재성이 아무리 풍부하더라도 그것이 성숙한 조타술에 이끌리지 않으면 항구에 접안하기도 힘들지만 새로운 파도를 찾아 먼 바다로 나아갈 수도 없는 노릇이다. 아폴론적 규율 없이 디오니소스적 도취로만 예술작품을 기대하기 어렵듯이, 문학 작품도 잠정적으로 도달해야 할 단계로서의 격(格)이 있는 법이다. '잠정적'이라 말하는 것은 작품의 세계에서는 고정된 형식이나 완성된 스타일이 존재하지 않기 때문이다. 부처를 만나면 부처를 죽이라는 조사의 과격한 발언은 깨달음의 세계에서도 중요하지만 문학작품의 세계에서도 마찬가지다. 그렇다고 3부에 도달한 이강문의 보다 성숙한 조타술이 여기와는 다른 저기의 바다로 나아가도 되는지는 단언할 수 없다. 부처님이 자기 안에 있듯이 시의 눈도 자기 안에 있는 바, 시인이 이 눈을 얼마나 맑게 닦을 수 있는지는 오롯이 시인 자신의 몫이다.

마지막으로, 3부에 실린 작품에서 「걸음마 — 반야용선」을 이런 맥락에서 읽어 볼까 한다.

이제라도 배를 타고 나와 함께 가야겠어
섬에서 섬으로 내 한 몸 돛을 삼아
걸음마 하듯 섬 이름 하나하나 읊조리며
너울너울 파도 한 굽이씩 나침반 삼아
오르며 내리며 환한 멀미 이승 끝 떠나가야겠어

들꽃 이름 하나에 꽃잎 색깔 한 번씩
섬새 들새 이름 하나마다 날개 무늬 한 번씩
뱃전 파도 소리에 비명(碑銘) 한 줄 새기며
잊었던 나에게 잃어버린 너에게 돌아가야겠어

난간 부여잡고 쏠리는 몸 안간힘 쓰지 말고
떠나온 곳, 먼 산 보듯이라도 행여 돌아보지 말고
바람결 물보라 난간 삼아 빈손 꼭 쥐고
두려워할 바도 슬퍼할 바도 손바닥 안에 있어

한 몸 여기가 떠나온 곳,

한 몸 여기가 돌아갈 곳,

한 몸 여기가 이 세상 홀로 떠나가는 배—

파도 한 조각 안으로, 푸른 빛 그늘 안으로

물거품 타고 굽이굽이 모든 몸들 더불어

하늘바다 한 몸 나에게로 영영 돌아가야겠어

—「걸음마 – 반야용선」

　'반야용선'은 불가(佛家)에서 사람이 선하게 살다 죽으
면 극락으로 타고 가는 배를 말하는데, 가장 뛰어난 지혜
인 프라즈나(prajñā)를 음역한 '반야'(般若)의 배라는 뜻을
염두에 둔다면 이 작품에서 화자가 추구하는 것이 무엇
인지 알아채는 게 어려운 일이 아니다. 이 시에서 시적 화
자는 "배를 타고" "나에게로 영영 돌아가야겠어"라고 말
하고 있다. 이것은 「빈집의 기억」에 '구도의 경로'가 숨겨
져 있다고 한 앞의 지적과 통하기도 하지만 보다 더 직접
적으로 그것을 드러낸다. 그런데 시인이 바라는 궁극의
경지는 작은 수레[小乘]를 통해서가 아니라 큰 수레[大乘]
를 통해서이다. 큰 수레만이 섬과 파도, 들꽃, 섬새와 들
새를 "한몸"으로 삼을 수 있는 법이다. 다만 이 시에서 빠
져 있는 것은 사람과 사람 사이의 관계인 사회, 그리고 그

것들의 충돌과 화합과 분열과 종합들로 이루어진 역사다. 우리는 간혹 눈앞에 보이는 사물들의 세계만이 전체라는 생각에 빠지지만 그 사물들에게 의미를 부여하는 것은 어쩔 수 없이 광학적 인식으로는 상(想)이 잡히지 않는 인간의 역사라는 것도 부인할 수 없다.

이런 바람은 시인의 다음 행보가 어떤 경로로 가야 한다는 '운항 지시서'가 아니다. 구도가 개인의 수양과 내면의 제련에만 머물 때, 그것 자체가 이미 작은 수레이기 때문이다. 모름지기 큰 수레는 그 용도를 미리 정하지 않는다. 섬과 파도, 섬새와 들새 자체가 이미 인간의 역사와 떼려야 뗄 수 없는 관계 속에서 살고 있기도 하지만, 이제는 넘어 섬과 파도, 섬새와 들새가 인간의 역사에 참여해야 할 때이기 때문이다. 이미 시인은 "모든 몸들 더불어"라고 말하고 있지만, 동시에 "나"가 "모든 몸"을 향해 열려 있어야 하는 것 아닐까. 그때가 바로 "아침마다 눈뜨면 우렁우렁 도착하는" "너머"(「너머의 너머」)가 아닐까. 아무튼 이제 '걸음마'라 하니 이 시인의 다음 발걸음을 기다려보기로 하자.

너머의 너머

초판 1쇄 발행 | 2024년 5월 9일

지은이 | 이강문
펴낸이 | 황규관

펴낸곳 | (주)삶창
출판등록 | 2010년 11월 30일 제2010-000168호
주소 | 04149 서울시 마포구 대흥로 84-6, 302호
전화 | 02-848-3097
팩스 | 02-848-3094

삶창시선

———